AF346485

CATALOGUE

DE

150 TABLEAUX

DESSINS, MINIATURES

OBJETS D'ART

ET

CURIOSITÉS

DONT LA VENTE AUX ENCHÈRES PUBLIQUES AURA LIEU

HOTEL DROUOT

SALLE N° 6, AU 1ᵉʳ ÉTAGE

Le Lundi 30 Avril 1866

A DEUX HEURES

Par le ministère de Mᵉ **Henri LECHAT**, Commissaire-Priseur,
rue du Faubourg-Poissonnière, 62;

Assisté de M. **BRUANT**, Expert, rue Fléchier, 2,
Chez lesquels se distribue le présent catalogue.

EXPOSITION PUBLIQUE

Le Dimanche 29 Avril 1866, de une heure à cinq heures.

PARIS — 1866

RENOU & MAULDE

Imprimeurs de la Compagnie des Commissaires-Priseurs,

RUE DE RIVOLI, 144

CATALOGUE

DE

150 TABLEAUX

DESSINS, MINIATURES

OBJETS D'ART

ET

CURIOSITÉS

DONT LA VENTE AUX ENCHÈRES PUBLIQUES AURA LIEU

HOTEL DROUOT

SALLE N° 6, AU 1ᵉʳ ÉTAGE

Le Lundi 30 Avril 1866

A DEUX HEURES

Par le ministère de Mᵉ **Henri LECHAT**, Commissaire-Priseur,
rue du Faubourg-Poissonnière, 62;
Assisté de **M. BRUANT**, Expert, rue Fléchier, 2,
Chez lesquels se distribue le présent catalogue.

EXPOSITION PUBLIQUE

Le Dimanche 29 Avril 1866, de une heure à cinq heures.

PARIS — 1866

CONDITIONS DE LA VENTE

Elle sera faite au comptant.

Les Acquéreurs paieront, en sus des adjudications, CINQ CENTIMES par franc, applicables aux frais.

DÉSIGNATION

ÉCOLE FRANÇAISE

1 — **Albrier**. Jeune Fille souriant.

2 — **Albrier**. Jeune Femme pensive tenant une croix.

3 — **Bredel** (le chevalier). Choc de cavalerie.

4 — **Buttura** (signé). Portrait d'une jeune femme.

5 — **Chardin** (D'après). La Récureuse.

6 — **Clouet** (Ecole de). Portrait d'un abbé chevalier de Malte.

7 — **Clouet** (Ecole de). Portrait de Catherine Howard, cinquième femme de Henri VIII, roi d'Angleterre.

8 — **Coypel**. l'Été.

9 — **Coypel** (D'après). Jugement de la chaste Suzanne.

10 — **Coypel**. La Muse de la musique.

11 — **Coypel**. Le Triomphe d'Amphitrite. (Grisaille.)

12 — **Deshayes** (Eugène). Paysage.

13 — **Drolling**. Le petit Joueur de vielle.

14 — **Dupuis** (signé). Portrait d'un mousquetaire.

15 — **Fragonard** (Honoré). Léda. (Esquisse.)

16 — **Guérin** (Paulin). Lamartine.

17 — **Guérin** (Paulin). Le duc d'Angoulème.

18 — **Guérin** (Paulin). Chateaubriant.

19 — **Guichard** (signé). Vénus endormie.

20 — **Inconnu**. Portrait de Louis XIII.

21 — **Inconnu**. Portrait d'un seigneur espagnol.

22 — **Inconnu**. Fleurs.

23 — **Inconnu**. Portrait d'un jeune homme, provenant du château de Gomba en Hongrie.

24 — **Inconnu**. Portrait d'un moine; cadre octogone en bois sculpté.

25 —- **Inconnu**. Fruits.

26 — **Inconnu**. Loth et ses Filles.

27 — **Inconnu**. Portrait de l'abbé Provost.

28 — **Inconnu**. La Brodeuse.

29 — **Inconnu**. La Messe dans la chapelle du château.

30 — **Inconnu**. Les Trois Grâces. (Toile.)

31 — **Largillière**. Portrait du poète Régnard.

32 — **Largillière**. Portrait d'un magistrat.

33 — **Lebrun** (Mme). Portrait de femme, époque Louis XVI.

34 — **Lebrun** (Charles d'après). Tête de la Madeleine.

35 — **Loyer** (signé, daté Rome 1850). Vue de Rome.

36 — **Lô** (Carle van). Les Filles de Louis XV en Vestales.

37 — **Lô** (Carle van). Le Triomphe de Silène. (Gravé.)

38 — **Madou**. La Jeune Mère; intérieur.

39 — **Pater** (Ecole de). Paysage animé d'une scène galante.

40 — **Pérignon**. Portrait de François Rabelais.

41 — **Prud'hon**. Copie de la Vengeance divine faite dans l'atelier et sous les yeux du maître.

42 — **Rossi**. Vue de Venise.

43 — **Tasté de Nantes** 1834. Intérieur.

44 — **Tournière**. Scène de cabaret.

45 — **Ulysse**. Les Buveurs, genre Meissonnier.

46 — **Verret** (signé). Paysage avec bœufs, etc.

ÉCOLE D'ITALIE

47 — **Corrége** (D'après). La Nuit de Noël.

48 — **Giorgion**. Sainte Catherine.

49 — **Inconnu**. Paysage maritime.

50 — **Inconnu**. Paysage maritime.

51 — **Inconnu**. Paysage maritime.

52 — **Inconnu**. La Vierge. (Cuivre.)

53 — **Inconnu**. La Fuite en Egypte. (Cuivre.)

54 — **Panini**. Le Palais de la Sorcière. (Toile.)

55 — **Procacini**. Les trois Maries.

56 — **Procacini**. Saint Charles Boromée.

57 — **Raphaël** (D'après). La Vierge au voile.

58 — **Titien** (D'après). Portrait de François Ier.

———

ÉCOLES

HOLLANDAISE, FLAMANDE & ALLEMANDE.

60 — **Berghem** (Signé). Paysage avec architecture.

61 — **Berghem** (D'après). Paysage avec animaux.

62 — **Bizet** (Signé). Savant dans son cabinet.

63 — **Bol** (Ferdinand). Portrait d'Homme.

64 — **Brédel**. Choc de cavalerie.

65 — **Brédel**. Chasse aux cerfs. (Esquisse.)

66 — **Cuyp** (D'après Albert). Paysage avec animaux.

67 — **Cranack** (Lucas). Tireur d'arc.

68 — **Duc** (Jean Le). Officiers à la taverne.

69 — **Dyck** (D'après Van). Madeleine.

70 — **Dyck** (École de Van). La Madeleine dans une couronne de fleurs.

71 — **Flinck** (Signé Govaërt). Portrait d'un personnage hollandais.

72 — **Franck** Entrée du Christ à Jérusalem.

73 — **Fyt** ou **Griff**. Nature morte et Chasseur.

73 bis — **Goyen** (Van). Joueurs de quilles dans un paysage.

74 — **Haker** (Signé). Paysage.

75 — **Heden** (Van der). Paysage maritime avec château.

76 — **Holbein**. Portrait de son ami Erasme, philosophe, auteur de l'*Éloge de la folie*, etc., etc.

76 bis — **Holbein**. Tête d'Homme.

77 — **Hoogh** (Peter de). Intérieur hollandais.

78 — **Huysmans de Malines**. Paysage.

79 — **Inconnu**. Portrait d'un jeune prince d'Orange.

80 — **Inconnu**. Tête d'Enfant. (Esquisse.)

81 — **Inconnu**. Portrait d'Homme, toque rouge.

82 — **Jordaens**. Le Concert.

83 — **Kessel** (Signé Van). Scène au cabaret.

84 — **Metzu** (D'après). Deux Amoureux ; intérieur.

85 — **Mirevelt**. Portrait d'Homme. (Vente Tondu.)

86 — **Moucheron**. Paysage.

87 — **Neer** (Van der). Vue de nuit d'un port de mer incendié.

88 — **Poël** (Van). Vue d'une Ferme.

89 — **Poël** (Van). Basse-Cour.

90 — **Rembrandt** (Ecole de). Tête d'Enfant.

91 — **Rembrandt** (École de). Portrait d'Homme.

92 — **Swebach**. Paysage avec cavaliers.

93 — **Vertangen**. Diane et ses nymphes au bain. Effet de soleil couchant.

94 — **W**. Paysage. (Vente Tondu.)

95 — **Wouwermann** (Pierre). Halte de Cavaliers.

ÉCOLE ANGLAISE

96 — **Hogard**. Scène de cabaret.

97 — **Hogard**. Portrait d'une Comédienne anglaise.

98 — **Reynolds**. Portrait de miss Schmitson, célèbre tragédienne du commencement de ce siècle.

ÉCOLE RUSSE

99 — **Ecole russe**. Le Christ nimbé d'argent.

100 — **Ecole russe**. La Vierge nimbée d'argent.

MINIATURES, DESSINS, AQUARELLES, GRAVURES

101 — **David** (Louis). Dessin à l'encre de Chine, rehaussé. Réduction du tableau du sacre de Napoléon Ier qui est à Versailles. Ce dessin, fait dans l'atelier de David, fut donné par celui-ci à son ami Talma. Il provient de la vente de Talma et est décrit au Catalogue.

102 — **Ducreux**. Dessin : portrait de sa Fille.

103 — **Inconnu**. Aquarelle : Promenade au parc.

104 — **Inconnu**. Aquarelle : Promenade sur l'eau.

105 — **Inconnu**. Gouache : la Recluse.

106 — **Inconnu**. Gravure coloriée : Aix-les-Bains.

107 — **Inconnu**. Paysage arcadien. (Gouache.)

108 — **Leheux**. Dessin : École de jeunes Filles.

109 — **Meissonnier**. Gravure : l'Audience.

110 — **Ostade**. Dessin rehaussé : les joyeux Buveurs.

110 bis — **Giraud**. Portrait de S. A. la princesse Mathilde. (Lithographie.)

111 — **Inconnu**. Fête villageoise. (Aquarelle.)

112 — **Rigaud** (Dessin d'après). Louis XIV.

113 — **Sénart** (Signé). Une Lorette du XVIIIe siècle.

114 — **Spaendonck** (D'après). Fleurs. (Aquarelle.)

115 — **Visconti**. Gravure : Vue perspective du Louvre et des Tuileries.

115 bis — **Massart** (D'après). Combat de Turcoing. (Dessin.)

115 ter — **Jollivet** (D'après). Combat de Hooglede. (Dessin.)

116 — **Inconnu**. Dessin, paysage avec moulin à vent.

117 — **Bonnington** (attribué à). Marine. (Aquarelle.)

MINIATURES

118 — **Delacroix** (Eugène). Miniature peinte en fixé, représentant une Sultane à cheval, suivie de deux cavaliers.

119 — **Girard** (signé). Jeune Femme.

120 — **Inconnu**. Femme Louis XIII, cadre du temps.

121 — **Inconnu**. Aquarelle ancienne, genre Watteau.

122 — **Inconnu**. Portrait d'homme brun. (Ovale.)

123 — **Inconnu**. Le Baiser d'Houdon. (Ivoire.)

124 — **Inconnu**. Sainte Cécile; sur porcelaine.

125 — **Inconnu**. Femme, cadre ancien et à jour.

126 — **Lépicié**. Portrait d'un jeune homme.

127 — **Mirbel** (Mme de). Femme en spincer noir.

128 — **Mélignan** (signé). Homme au foulard.

129 — **Mélignan** (signé). Femme au corsage rose.

130 — **Inconnu**. Portrait d'homme, cadre ovale.

131 — **Perrin**. Portrait d'une vieille femme.

132 — **Parent** (signé). Tête antique de femme, imitant un camée.

133 — **Robert-Hubert**. Vue du Colisée.

134 — **X**. Portrait de Mlle Grisi, chanteuse.

134 bis — **Inconnu**. Chevalier banneret.

CURIOSITÉS

135 — Bas-relief en bronze argenté, représentant une scène d'Yvanohé, roman de Walter-Scot.

136 — Un Plat d'étain à arabesques.

137 — Un Plat d'étain à sujets religieux.

138 — Un Porte manteau ancien en bois de chêne.

139 — Un Coffret en os sculpté.

140 — Amphore en albâtre ancien.

141 — Plaque d'ivoire gravée.

142 — Un Couteau à papier en ivoire.

143 — Une Lorgnette duchesse.

144 — Une Lorgnette en ivoire.

145 — Paysage-Bouquet ; faïence encadrée.

146 — Râpe à tabac en émail de Limoges.

147 — Deux inscriptions tombales sur cuivre.

148 — Un Plat octogone en vieux chine, famille verte.

149 — Une Théière, deux Bols, deux Soucoupes en porcelaine.

150 — Un Plat en faïence de Bischwiller.

151 — Un Plat en faïence anglaise.

152 — Une jolie Console dorée ; pâte et bois.

153 — Deux Consoles en marqueterie de Boule.

154 — Jeanne d'Arc, statuette en biscuit de Sèvres.

155 — Petit Bas-relief en cuivre, portrait de Napoléon Ier.

156 — Bas-relief en bronze. (Descente de croix.)

156 bis — Paysage brodé sur soie.

LIVRE

157 — Les Chroniques de France, par Belforest; historiées.

CARTES & PLANS DE VILLE

158 — Quatre-vingt Cartes au moins.

GRAVURES

159 — Les Douze Heures, d'après Raphaël.

SUPPLÉMENT

DESSINS

160 — Bonnington (signé). Vue du Campo Vaccino, l'ancien Forum, à Rome. (Dessin.)

161 — Wissant. Port de mer. (Dessin.)

162 — Une miniature. La Vierge et l'Énfant, sur cuivre. Cadre curieux et ancien entouré d'anges.

163 — Femme espagnole. Miniature sur cuivre.

164 — Un Médaillon représentant la duchesse de Berry.

165 — Femme en buste du XVIᵉ siècle. Médaillon rond, peinture sur bois.

166 — Vase en vieux grès de Flandre.

167 — Géricault. Tête d'homme, étude.

168 — Duval (signé). Paysage avec figures et animaux.

169 — Paysage. (Aquarelle.)

170 — Cadre contenant deux fixés ovales représentant des paysages par Antheaume, rival de Blaremberg.

171 — Un lot de dessins.

172 — Bas-relief en bronze, ancien, représentant Diane et Endymion.

173 — Un Christ, peinture, école moderne, attribué à Troyon.

Renou et Maulde, Imprimeurs de la Compagnie des Commissaires-Priseurs, rue de Rivoli, 144.   51735